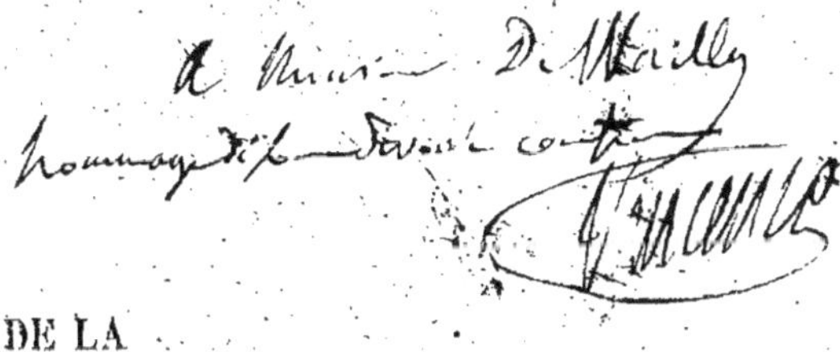

DE LA

NOTATION MUSICALE

ATTRIBUÉE A BOËCE,

ET DE QUELQUES ANCIENS CHANTS QUI SE TROUVENT DANS LE
MANUSCRIT LATIN N° 989 DE LA BIBLIOTHÈQUE IMPÉRIALE.

NOUVELLES CONSIDÉRATIONS

SUR LA MUSIQUE ET SUR LA VERSIFICATION DU MOYEN AGE,

Par A.-J.-H. VINCENT,

MEMBRE DE L'INSTITUT.

———

(Extrait du *Correspondant*, du 25 juin 1855).

———

PARIS

LIBRAIRIE DE CHARLES DOUNIOL,

Éditeur du Correspondant, recueil périodique,

RUE DE TOURNON, 29, PRÈS LE PALAIS DU LUXEMBOURG.

———

1855

DE LA

NOTATION MUSICALE

ATTRIBUÉE A BOËCE,

ET DE QUELQUES ANCIENS CHANTS QUI SE TROUVENT DANS LE MANUSCRIT LATIN Nº 989 DE LA BIBLIOTHÈQUE IMPÉRIALE.

NOUVELLES CONSIDÉRATIONS SUR LA MUSIQUE ET SUR LA VERSIFICATION DU MOYEN AGE,

Par A.-J.-H. VINCENT,

MEMBRE DE L'INSTITUT.

———

(Extrait du *Correspondant*, du 25 juin 1855).

———

Dans l'*Avertissement pour la vie de saint Taurin*, qui accompagne la relation de sa belle *Découverte d'un cimetière Mérovingien*, mon illustre confrère et excellent ami M. Ch. Lenormant signale (p. 35), comme se trouvant au fol. 53 vº du manuscrit contenant le nouveau texte de la vie de saint Taurin qu'il vient de publier, une pièce de chant en l'honneur de ce saint [1] : « La musique, dit M. Lenormant, » en est indiquée à la fois au moyen de la notation alphabétique et » des neumes, comme dans le fameux manuscrit de Montpellier ». Sur cette simple indication qui suffit pour faire comprendre tout l'intérêt que présente la pièce signalée, je me suis empressé d'en demander communication; et dès la première inspection, j'ai songé à faire part du résultat de mon examen aux lecteurs du *Correspondant*, non-seulement parce qu'il m'a semblé propre à éclairer et à confir-

———

[1] Voyez à la fin, la note A, où nous donnons la traduction de ce chant en notation moderne.

mer les vues si ingénieusement développées et si logiquement déduites
par l'auteur de la découverte, mais encore en raison des conséquences importantes que cet examen et celui du manuscrit considéré dans
son ensemble, me paraissent avoir pour l'histoire de l'art musical
dans l'antiquité chrétienne et le moyen âge. A ces motifs me permet-
trait-on d'ajouter un motif tout personnel ? c'est que peut-être j'a-
vais besoin de me réhabiliter auprès des lecteurs du *Correspondant*,
qui, voyant un nouveau venu se présenter à eux avec un ton « si éloi-
» gné des bonnes formes de la critique littéraire, avec un style si
» contraire aux habitudes ordinaires de la rédaction de ce recueil »,
ont pu regarder celui qui se permettait de telles excentricités comme
un homme de mauvaise compagnie et de dangereuse approche. Je
suis donc heureux de pouvoir aujourd'hui leur prouver que si je ne
recule point devant un acte de sévérité quand je le crois juste,
je ne m'y décide qu'à regret, bien plus heureux, en restant dans mon
caractère, de n'obéir qu'à un sentiment d'estime et d'affection ; et c'est
ce que je vais faire aujourd'hui en ajoutant ma modeste pierre au
beau monument qu'une plume amie vient de replacer sur le terrain
des premiers siècles de l'ère chrétienne.

Ces principes posés, j'arrive au Ms. 989, fol. 53 v°. Cette page est
remplie par un Chant-graduel formé de trois répons suivis chacun
d'un verset, et composé en l'honneur de saint Taurin : c'est la pièce
dont a parlé M. Lenormant. Les paroles de ce graduel ont été primi-
tivement accompagnées d'une notation musicale en neumes. Puis
une main beaucoup plus récente a placé, tant bien que mal, une traduction de ces neumes en notation littérale boëtienne, soit au-dessus
de ces neumes, soit au-dessous, soit enfin, en plusieurs endroits, au-
dessous du texte lui-même, suivant que les places demeurées vides, tout
irrégulièrement disposées qu'elles fussent, permettaient d'y adapter
cette transcription. Ainsi, quant aux deux écritures musicales, voici
une différence capitale que présente leur disposition comparée à celle
qu'elles affectent dans le manuscrit de Montpellier : dans celui-ci, le
vélin a été dès l'abord disposé pour recevoir simultanément les trois
lignes d'écriture, texte, neumes, notation littérale [1], tandis que dans
le cas actuel, cette dernière notation est évidemment d'une écriture
beaucoup plus récente et dont l'adjonction aux neumes n'était nullement prévue, ce que l'on reconnaît, non-seulement aux circonstances

---

[1] Je complète et rectifie ainsi ce que j'ai dit dans ce recueil (t. XXXII, 1853,
p. 514), sur l'*Histoire de l'harmonie au moyen âge par M. de Coussemaker*
(p. 26 du tiré à part).

de disposition relative déjà signalées, mais encore à la couleur de l'encre, qui, tout effacée qu'elle est en plusieurs endroits, surtout dans le voisinage de la marge, est tellement saillante partout ailleurs, qu'elle y fait véritablement tache, en produisant à l'œil des effets de relief et de saillie tout-à-fait remarquables.

Si donc la disposition relative des deux écritures musicales du manuscrit de Montpellier ne fournit aucune lumière qui puisse servir à éclairer la question de l'antériorité relative des deux sortes de notation, il semblerait au contraire, au premier aperçu, que le graduel en l'honneur de saint Taurin dût faire sur le champ résoudre cette question d'antériorité en faveur de la notation neumatique; mais ce serait bien à tort que l'on se presserait de tirer cette conclusion. En effet, le même manuscrit contient (fol. 8°) un autre document qui conduirait aussi sûrement en apparence à une conclusion toute contraire. Il s'agit ici d'une Séquence en l'honneur de saint Julien [1], commençant par ces mots : *Semper tibi rex ô Christe gloria* (*V.* la note B), et notée exclusivement en lettres boëtiennes ; après quoi viennent, dans la même page, deux répons en l'honneur de la sainte Vierge et de saint Jean, qui, cette fois, sont notés uniquement en neumes; d'où, si l'on s'en tenait à cette seule page, on pourrait se croire en droit de tirer cette conséquence, que la notation neumatique ne saurait être antérieure à la notation littérale, et même lui serait postérieure, en attribuant les deux fragments à des époques différentes, hypothèse que l'inspection du manuscrit rend extrêmement plausible.

Entre ces deux opinions diamétralement contradictoires, et dont chacune frappe l'autre d'exclusion, est-il au moins permis de demander quelle est la bonne? non : car cette simple question implique déjà une faute de logique. Les faits étant tels que nous venons de les exposer, la seule conclusion légitime est évidemment celle-ci : que *les deux notations furent contemporaines*, nous ne disons point dans leur origine, mais dans une partie de leur durée; et c'est ce qui explique, suivant nous, leur existence simultanée dans certains manuscrits tels que celui de Montpellier et celui qui nous occupe.

Dès lors, on ne manquera point de demander à quoi bon cet emploi de deux notations différentes apposées à la fois sur les mêmes paroles? A cette question Gui d'Arezzo (*Musicæ regulæ rhythmicæ;* M. Gerb. *Script. eccles.* t. II, p. 30) fait un commencement de réponse :

---

[1] Saint Julien, apôtre et premier évêque du Mans, mourut, dit-on, en 286.

Solis litteris notare optimum probavimus ;
Causa vero breviandi neumæ solent fieri.

« Nous avons prouvé qu'il n'y avait rien de mieux que de noter
» seulement avec des lettres ; mais pour abréger on a coutume d'em-
» ployer les neumes. »

Cependant cela ne suffit pas ; et le texte même de Gui (*causa breviandi*) réclame implicitement un complément qui, du reste, est déjà
bien connu. Car, on l'a dit et redit, les neumes indiquent les mouve-
ments ascendants et descendants de la voix, mais nullement les intervalles à franchir. Ils ne sauraient donc non plus, par suite, indiquer le mode auquel doit être attribué un chant écrit dans cette espèce
de notation ; et leur lecture exigeait une connaissance préalable de
ce chant.

Mai alors, repliquera-t-on, s'il fallait, pour en compléter le sens,
y joindre la notation littérale, à quoi définitivement étaient-ils bons
dans la réalité? et pourquoi ne pas leur substituer entièrement et exclusivement la notation littérale? Cette question, suivant nous, n'est
pas plus difficile à résoudre que la première. Chaque neume embras-
sant tous les sons élémentaires compris dans une même émission de
voix[1], la notation neumatique, dans son ensemble, servait par
cela même, à grouper les notes appartenant à une même syllabe, à
en déterminer le rhythme ; et nous croyons ne rien dire que de très-
conforme à une opinion admise par toutes les personnes qui ont étu-
dié cette notation dans un but pratique, en lui attribuant la propriété
d'indiquer les valeurs temporaires, les agréments du chant, et tous les
détails de l'exécution et de l'ornementation mélodique. L'ensemble
des deux notations était donc nécessaire pour représenter complète-
ment le chant sous ses deux aspects de l'intonation et de la durée,
de même (nous l'avons déjà dit[2]) que le système neumatique des néo-
grecs contient deux sortes de signes, πνεύματα, σώματα, se rapportant,
les uns à l'intonation, les autres au mouvement rhythmique. De
là résulte que si, comme il arrivait dans la plupart des cas de la pratique usuelle, on se contentait d'une seule des deux notations, c'est
que la signification de l'autre était suffisamment connue. Ainsi, les
neumes seuls suffisaient quand le ton du morceau était donné d'a-

---

[1] *Neuma est vocum seu notularum unica respiratione congrue pronuntianda-
rum aggregatio :* « Le neume est un assemblage de sons ou de notes que l'on peut
» prononcer d'une manière convenable dans une seule respiration » (*Franchin.
Music. prat.* 1,8).

[2] Correspondant, *ibid.*; tiré à part, p. 9.

vance, et que les notes principales, les notes formant l'esquisse, le squelette ou la charpente du chant, étaient déjà connues; et par contre, la notation littérale seule était nécessaire quand les paroles portaient en elles-mêmes leur rhythme, ce qui est le cas des chants purement syllabiques, et généralement aussi celui de la poésie lyrique. D'où il résulte que, pour transmettre un chant par l'enseignement oral, par la tradition mimique, si l'on peut s'exprimer ainsi, les neumes étaient un auxiliaire très-suffisant ; mais quand l'écriture était le seul moyen de transmission possible, alors la notation littérale était, dans les cas ordinaires, tout à fait indispensable. En résumé, les deux notations se complétaient mutuellement ; et aucune des deux ne pouvait suppléer l'autre. Il ne fallut donc pas moins que l'importante invention de la portée pour donner aux neumes, régis désormais par une simple lettre servant de clef, la faculté qui leur manquait auparavant, de pouvoir représenter la suite complète des intonations en même temps que les détails du rhythme et de l'expression mélodique ; comme aussi les détails de la neumation étaient nécessaires pour donner l'animation et la vie aux lettres ou aux simples points qui en tenaient lieu sur la portée. Telle est, si nous ne nous faisons point illusion, le véritable sens de cette double notation que l'on rencontre dans certains manuscrits ; et c'est aussi certainement celui qu'elle a dans le manuscrit de Fécamp. Mais ce dernier, comme nous l'avons dit plus haut, donne lieu de plus à cette remarque, que la notation littérale y est indubitablement postérieure, quant au Répons de saint Taurin, à la notation neumatique ; et que, suivant toute apparence, l'adjonction d'une seconde écriture musicale y a été principalement motivée par la destruction partielle de l'écriture primitive. On reconnaît en effet au premier coup d'œil, que cette page en particulier n'a fait que subir les conséquences d'un long et fréquent usage. La marge, nous l'avons déjà dit, est complétement détériorée par le frottement ; et le texte comme les neumes y sont entièrement effacés sur une largeur d'environ trois centimètres ; quant à la notation littérale, elle est encore très-visible sur environ moitié de cette distance, quoiqu'elle ait également subi, dans l'autre moitié, une destruction non moins complète que la première.

Le « diplomatiste éminent » qui a fixé au commencement du xie siècle l'exécution du manuscrit de Fécamp, M. Léopold Delisle, n'a donc certainement rien exagéré ; mais, s'il nous était permis, sur une pareille question, d'émettre une opinion personnelle après celle que nous venons de rappeler, nous serions porté à faire remonter bien plus haut l'origine du manuscrit. En effet, d'abord les neumes qui s'y trouvent aux deux endroits cités, sont de la classe des neumes tout-à-fait primitifs; et ils n'ont en aucune manière, cela est évident, subi l'influence de la réforme guidonienne, réforme dont l'époque est assez exactement connue pour pouvoir être avec certitude fixée à cette même première moitié du xie siècle. Mais ce n'est pas tout : la notation littérale spécialement employée ici accuse une antiquité bien plus grande, non-seulement dans la composition des chants auxquels elle est appliquée, ou bien encore dans l'exécution du manuscrit, mais, ce qui est bien plus significatif, dans la restauration postérieure dont nous avons parlé.

Ceci du reste a besoin d'une explication. Nous avons dit que la notation littérale du ms. était celle dont on fait honneur à Boëce, et qu'elle différait de la notation vulgairement attribuée à saint Grégoire, en ce qu'elle procédait, sans discontinuité et sans répétition, de la lettre *a* à la lettre *p* et même à la lettre *s*, tandis que la notation dite grégorienne ne dépasse pas la lettre G, après quoi elle reprend une seconde et une troisième fois l'alphabet, mais en y employant, soit un nouveau type graphique, soit une lettre redoublée. Cette seconde manière d'appliquer l'alphabet à la représentation de l'échelle des sons est le résultat évident d'une réforme, dont l'auteur, quel qu'il soit, eut l'heureuse pensée de mettre à profit les propriétés de l'octave. Maintenant, cet auteur est-il saint Grégoire lui-même comme la tradition porterait à le croire? S'il en est ainsi, l'on doit faire remonter au delà de saint Grégoire les monuments qui font usage de la notation boëtienne. Mais sur ce point, bien qu'il n'existe absolument aucun fait, du moins à notre connaissance, qui soit de nature à infirmer la tradition, on conçoit combien la circonspection est nécessaire, la réserve devant, en un cas semblable, croître en raison de la gravité des conséquences.

Les mêmes considérations sont applicables à la notation dite boëtienne. Est-il bien certain que cette notation ait été employée par Boëce ? Quelques personnes en doutent, ou du moins pensent que Boëce ne l'a employée que comme un moyen d'exposition, sans prétendre en faire un système de sémiologie fixe et régulier. Sur ce point cependant, nous pensons que les doutes, beaucoup moins bien fondés que ceux qui tiennent à la notation grégorienne, n'ont d'autre appui qu'un examen incomplet des éléments de la question. En effet, il est bien vrai que cette notation, nous ne dirons pas telle qu'elle se présente dans le manuscrit de Montpellier (à cause des épisèmes [1] qui,

---

[1] Revue archéologique, xie année, p. 362.

jusqu'à présent, n'ont été observés que dans ce manuscrit), mais telle que la donne le manuscrit de Fécamp et tous les autres manuscrits où on l'a rencontrée jusqu'à ce jour, ne se trouve pas, à proprement parler, dans les éditions de Boëce. Par exemple, à la page 1464 de l'édition de Glaréan, on remarque bien les lettres alphabétiques, comprises depuis A jusqu'à O inclusivement, annexées aux dénominations des cordes ; mais c'est seulement *à partir de l'hypate des hypates*, la proslambanomène étant laissée entièrement en dehors de compte : *si ab his proslambanomenos detrahatur*, dit l'auteur, *erunt quatuordecim*. Or, ce n'est pas là la notation de Boëce proprement dite, puisque celle-ci comprend la proslambanomène, et qu'à la page citée rien n'indique en effet qu'il s'agisse d'autre chose que d'une simple légende explicative telle qu'il s'en trouve à toutes les pages, les mêmes cordes y étant désignées, tantôt par une lettre, tantôt par une autre, sans distinction apparente. Jusque-là donc, ceux qui nient l'existence d'une véritable notation boëtienne, sembleraient être suffisamment fondés en raison ; mais on en jugera tout autrement si l'on remonte aux manuscrits. On reconnaît alors combien les éditions sont fautives en beaucoup de points, et celui-ci n'est pas le moins important. Que l'on consulte, par exemple, le ms. latin 7185, l'un des meilleurs manuscrits de Boëce que nous possédions, ou le manuscrit de saint Evroult (supplément latin n° 1017, p. 44), et l'on y trouvera la notation citée, avec addition de l'*i* couché pour désigner la paramèse du système conjoint (*si b*). Dans le ms. 7185 notamment, et dans le tableau même (éd. de Glaréan, p. 1474) où Boëce expose la notation grecque telle que Meybaum l'a reproduite d'après cet auteur, la série de signes dont il est question se trouve apposée, sans que rien la rendît nécessaire ici, sur les dénominations des cordes du grand système parfait. Or, il n'est point douteux que Boëce n'ait eu pour but d'exposer en cet endroit un système latin qui pût être mis en parallèle avec le système grec, et même le remplacer, en fixant, à cette intention, la correspondance de l'un avec l'autre ; il simplifia toutefois le système latin en ce sens, que le système grec se diversifie suivant la différence des tropes, tandis que le latin fait abstraction de cette diversité, peut-être parce que la considération exclusive des voix laissait la multiplicité des tropes entièrement en dehors de la question. De même dans le manuscrit de saint Evroult déjà cité, on lit à la page 44 : *Mensura monocordi secundum Boëtium ;* et à la suite se trouvent disposées, le long d'une ligne droite qui représente le monocorde, ces mêmes lettres comprises de *a* à *p*, avec l'épisème du *si b*, accompagnées chacune du nombre proportionnel de la partie vibrante de la corde.

Enfin, n'omettons pas d'observer qu'en employant cette notation latine, Boëce ne prétend pas qu'elle soit de son invention ; on serait même autorisé à conclure le contraire de ce qu'il dit à la page 1461, où nous lisons que « les anciens musiciens, *veteres musici*, ont inventé » *des notes, notulas quasdam*, pour marquer les noms des cordes : » de sorte, dit-il, que quand un musicien voulait écrire un chant, » *melos aliquod*, il traçait ces signes de sons au-dessus du vers *dé-* » *veloppé suivant la composition rhythmique du mètre, super versum* » *rhythmica metri compositione distentum*, et cela avec un art si » admirable, ajoute-t-il, que non-seulement le contexte du poëme » était ainsi transmis à la mémoire de la postérité par les lettres al- » phabétiques qui le représentaient, mais le chant lui-même se trou- » vait fixé par le moyen de ces notes [1] ».

Quoi qu'il en soit, de ce qui vient d'être dit résulte la conséquence nécessaire qu'il n'existe aucune raison plausible de refuser à Boëce, sinon l'invention, au moins l'usage du système sémiologique qui porte son nom, tandis qu'au contraire il n'existe aucun document positif, du moins à notre connaissance, qui permette d'attribuer avec la même certitude à saint Grégoire-le-Grand le remplacement de cette notation boëtienne par celle qui n'emploie que les sept pre-mières lettres de l'alphabet ; et, en définitive, on n'a d'autre auto-rité pour attribuer cette dernière au saint personnage dont elle a reçu le nom, que celle du P. Kircher (*Musurgie*, lib. v, p. 216). Tout ce qu'il est permis d'affirmer à cet égard, c'est d'abord, que celle-ci est incontestablement plus moderne que l'autre ; bien que sa première apparition soit antérieure à Gui d'Arezzo, et ensuite, que dès cette époque, et même plus ou moins longtemps auparavant, on ne voit plus, sauf certaines réserves qui seront établies plus loin (v. p. 11), la notation boëtienne apparaître dans aucun manuscrit.

Tous les archéologues, même sans s'être rendu un compte bien rigoureux de ces faits, paraissent en avoir implicitement adopté les conséquences ; et le savant abbé de Saint-Blaise, Martin Gerbert, parlant d'un certain manuscrit de son couvent dont il publie des extraits au tome Ier de sa précieuse collection des *Scriptores eccle-siastici de musica sacra*, n'hésite pas à s'exprimer ainsi (t. I, præf.

---

[1] D'après une manière de s'exprimer aussi absolue, ne serait-il pas permis d'admettre que les notes musicales auxquelles il est fait allusion ici indiquaient même l'élément rhythmique ?

§ xi) : « Inter varios anonymos, dit-il, qui primo loco comparet,
» *antiquitatis indicium hoc singulare habet*, quod intervalla musi-
» ces, ad scalam musicam seu monochordum, progrediendo secun-
» dum litteras alphabeti, designet *ab* A *usque ad* S octodecim chor-
» dis; unde ad sæculum IX vel X referendus est auctor, in quorum
» confinibus Ubaldus *De harmonica institutione, Græcos et Boetium*
» diversis litterarum signis *adhuc est secutus* »; c'est-à-dire : « De
» ces divers anonymes, celui qui se présente le premier offre parti-
» culièrement cette marque d'antiquité, que les intervalles compo-
» sant l'échelle musicale, ou les degrés du monocorde, y sont dési-
» gnés en suivant l'ordre des lettres de l'alphabet depuis A jusqu'à S,
» ce qui fait 18 cordes; d'où il résulte que l'auteur doit être re-
» porté au IXe ou au Xe siècle, époque approximative où Hubald,
» dans son *Institution harmonique*, tout en continuant à suivre les
» Grecs et Boëce d'après eux, employa des signes différents des let-
» tres alphabétiques ».

Au reste, on voit bien, aux termes mêmes employés par le savant
musicographe, qu'il ne prétend donner ici qu'une limite inférieure,
et que l'on peut, à son avis, faire remonter beaucoup plus haut le
document auquel il fait allusion.

Quoi qu'il en soit, si la musique des Grecs a le droit, comme personne ne le conteste, de revendiquer les monuments les plus anciens
de la musique liturgique de l'Eglise latine [1], il n'est pas moins incontestable que c'est sur les rares monuments écrits en notation boëtienne, qu'elle peut, avec le plus de sûreté et de justice, faire valoir
ce droit de paternité.

Le manuscrit de Fécamp, qui nous a conduit à ces réflexions, nous
fournit en même temps une occasion de les appliquer : c'est dans la
Séquence en l'honneur de saint Julien, dont nous avons parlé plus
haut. Rien de plus suave, de plus noble et de plus simple en même
temps, que cette mélodie, si remarquable d'ailleurs par son caractère
rhythmique. On ne peut s'empêcher en l'entendant, ou même en la

---

[1] On peut dire même, en remontant plus haut, que s'il y eut à Rome une musique, ce qui du reste, n'est pas douteux, cette musique fut entièrement grecque. Vi-
truve, ayant à exposer au livre IX de son architecture, les principes généraux de
la musique, ne fait autre chose que traduire Aristoxène; Boëce témoigne partout
qu'il prend les Grecs pour guide; Martianus Capella (lib. VI) traduit Aristide
Quintilien presque mot pour mot. Toutes les pièces de Sénèque, de Plaute, de
Térence, sont entièrement grecques quant au fond du sujet, à l'exception d'une
seule, l'Octavie de Sénèque. *Nulli dubium esse debet*, dit Marchetto de Padoue
(*Lucidarium musicæ planæ; Gerb. Script. eccles.* tom. III, p. 97), *quod physici
a quibus Latini musicam habuerunt Græci fuerunt.*

voyant écrite, de se demander si elle ne serait pas l'œuvre de ce sublime compositeur, qui, en consacrant au service de l'art chrétien, les
traditions et les inspirations grecques dont on ne peut douter qu'il
ne fût nourri, comme plusieurs des grands écrivains qui furent les
lumières de l'Eglise latine, sut si bien mériter d'ailleurs le titre de
Dulcis Ambrosius (*V.* la note B), que la postérité lui a décerné. Dans
tous les cas, il est impossible d'imaginer un chant qui satisfasse mieux
à l'idée que nous pouvons nous faire d'un produit de l'art grec; et,
remarquons-le, bien qu'à la rigueur on puisse soutenir que c'est
l'effet d'un pur hasard , les notes placées sur les mots : *O bone, ô*
pie , et sur leur réplique : *Tuque, magne Juliane,* ces notes, disons-nous, sont exactement les mêmes, sauf la transposition, que
celles par où commence le chant de la première ode pythique de
Pindare [1].

Notre Séquence est dans le pur diatonique, sans aucun mélange de
chromatique ni d'enharmonique : car le *si b* qui se trouve sur la première syllabe du mot *splendidus* dans le troisième vers, et sur le monosyllabe *hunc* du cinquième vers, ce *si b*, disons-nous, n'étant autre
chose que la paramèse du système conjoint des Grecs, et universel-
lement admis à ce titre dans le chant ecclésiastique, a toujours été
considéré comme un élément essentiel et une partie intégrante du
genre diatonique. Observons encore, relativement à cette remarquable mélodie, la manière irrégulière dont elle se termine, c'est-
à-dire sur la corde *lichanos* ou indicatrice du tétracorde des mèses
ou cordes moyennes ; de sorte que le chant, après s'être tenu constamment dans le *premier* mode, va se terminer sur le *huitième*.
Cette fin, qui se trouve au milieu d'une page, est immédiatement
suivie d'un autre chant noté en neumes (ce qui indique seulement, suivant nous, que s'adressant à la sainte Vierge et à saint
Jean, il était d'un usage plus vulgaire): les mots *meritis et ope* sont
donc bien effectivement les derniers mots de la pièce ; ils ne font
que confirmer en quelque sorte les mots qui précèdent, en formant avec eux un sens complet. Or, suivant M. Stéphen Morelot,
dont l'autorité en cette matière est du plus grand poids [2], cette sorte

---

[1] Voir le Recueil des *Notices et extraits des manuscrits,* etc., tome XVI,
2ᵉ partie, page 157, 1847, chez Duprat ; ou, pour ne citer qu'un livre familier à
tous les musiciens, le *Dictionnaire de musique* de J. J. Rousseau, pl. C, fig. 1ʳᵉ.

[2] Voyez sur ce sujet un excellent écrit de M. Stéphen Morelot (*Revue de musique*
religieuse, 4ᵉ année, 2ᵉ partie, 1854, p. 17 et suiv.).

Au regret que j'éprouve de m'écarter, sous quelque rapport, de l'opinion du savant archéologue, en ce qu'elle me paraît avoir d'un peu trop absolu à l'égard du

d'inconsistance dans la tonalité d'un morceau de chant est un des
caractères saillants des compositions du saint archevêque de Milan.
Mais sans prétendre faire ici même une application de la curieuse
remarque du savant archéologue, toujours est-il qu'en analysant le
morceau qui nous occupe avec tout le soin et toute l'attention qu'il
mérite, on ne saurait se refuser à y voir un monument de la haute
antiquité chrétienne.

Plusieurs des considérations qui précèdent, surtout en ce qui est
relatif à la notation littérale, s'appliquent à l'antiphonaire de Montpellier; et en supposant que le manuscrit lui-même (le travail de
l'*amanuensis*) ne soit point antérieur au xie ou même au xiie siècle,
il n'est point douteux pour nous que *le texte primitif* dont le manuscrit serait une simple reproduction, ne remonte bien plus haut
vers la source grecque ; et jusqu'à ce que l'on ait trouvé une explication plausible, et différente de la nôtre[1], des épisèmes qui s'y rencontrent à toutes les pages, mélangés à la notation de Boëce, on nous
permettra de n'y voir que le *genre mixte* admis par les Grecs[2] comme
composé du diatonique et de l'enharmonique, sans aucun mélange,
toutefois, du chromatique, genre véritablement exceptionnel que les
anciens ne considéraient que comme un lien entre les deux autres[3].
La composition de l'antiphonaire de Montpellier, ou, si on l'aime
mieux, de son prototype, présenterait donc, suivant nous, tous les
caractères d'une œuvre beaucoup plus grecque qu'on ne le pense ; et
j'espère que l'on nous permettra aussi de trouver, dans les particula-
rités de sa notation et du genre de musique qu'elle représente, une
explication naturelle de ce passage de Bernon[4], sur lequel M. Th.
Nisard[5] a rappelé naguère l'attention des musicologues : « Sancti

caractère des mélodies ambrosiennes, se joint cependant l'espoir que les considérations précédentes, fondées sur des faits non remarqués jusqu'à ce jour, et venant
en conséquence introduire dans la question des éléments nouveaux, auront pour
effet nécessaire de modifier en quelques points les opinions si consciencieuses et
si désintéressées d'un érudit qui n'est pas moins connu par la droiture de son caractère que par la solidité et la profondeur de ses connaissances.

[1] Voyez *Revue archéologique*, XIe année, p. 362.

[2] Euclide, Meyb., p. 10.

[3] Un auteur anonyme édité par Gerbert (*Script. eccles.* t. I, p. 331) rejette
le chromatique pour le chant ecclésiastique, tout *en admettant l'enharmonique*.
Le même Gerbert, parlant en son propre nom (*Iter alemannicum*, p. 513), préco-
nise, pour l'usage du chant liturgique, ce même mélange du diatonique et de
l'enharmonique tel qu'il se trouve, pensons-nous, dans le manuscrit de Montpellier.

[4] *M. Gerberti Script. eccles.*, t. I, p. 275.

[5] *Archives des Missions scientifiques*, t. II, février 1851 ; et *Dictionnaire du
plain-chant* de M. d'Ortigues, art. *Ambrosien* (chant).

» quoque Ambrosii » , dit cet auteur après avoir parlé du chant
grégorien, « prudentissimi in hac arte, symphonia nequaquam ab
» hac discordat regula, nisi in quibus eam nimium delicatarum
» vocum pervertit lascivia ». Il y avait donc dans le chant de saint
Ambroise, ce passage ne permet pas d'en douter, quelque chose de
doux, de coulant et de flexible, que ne présentait pas celui de saint
Grégoire ; et l'on peut conclure encore du même passage, que la réforme opérée par le grand Pontife auteur du fond actuel de la litur-
gie romaine auquel il a laissé son nom, dut porter en partie sur cette
délicatesse, à laquelle il préférait un caractère plus grave et plus
austère [1] en même temps que mieux approprié aux organes moins
flexibles des peuples occidentaux.

Quant aux deux répons en l'honneur de la sainte Vierge et de
saint Jean, qui, nous l'avons dit, sont notés uniquement en neumes,
nous n'avons pas essayé de les traduire, ayant déjà, à cet égard, ex-
primé [2] l'opinion que toute traduction des neumes, *a priori*, serait
purement arbitraire, cette sorte d'écriture étant essentiellement
abréviative, et radicalement incomplète et insuffisante. Notre manière de voir sur ce point, appuyée de raisons que l'on n'a point
réfutées et qui nous paraissent inattaquables, acquiert un nouveau
degré d'évidence et reçoit une nouvelle confirmation des efforts
mêmes pour établir une règle de déchiffrement des notations neu-
matiques, tentés par l'habile paléographe à qui le déchiffrement des
notes tironiennes avait déjà si bien réussi. Le savant archéologue
doit être bien assuré du déplaisir réel que nous éprouvons à le con-
tredire; mais l'intérêt de la science nous oblige à répéter une dernière fois ici, pour n'y plus revenir, notre profession de foi. Personne ne peut avoir la prétention de reprendre ce problème après
M. Tardif (c'est là-dessus avant tout que nous voulons insister); or,

---

[1] La multitude des notes placées sur une même syllabe viendrait encore à
l'appui de cette manière de voir : car Jean De Muris (p. 197) affirme (contrairement
à l'opinion commune) que le chant de saint Grégoire était moins prolixe que
celui de saint Ambroise : *Prolixum eum non fecit* (S. Greg.) *quemadmodum
sanctus Ambrosius dictus est cantum suum fecisse.*

[2] Correspondant, t. XXXIII, p. 424 et suiv. (tiré à part, p. 12). — Aux raisons
que nous avons données en cet endroit pour appuyer notre opinion, nous ajoute-
rons cette sentence prononcée par un maître du xiv° siècle, Jean De Muris (*Summa
Musicæ, Gerb. Script. eccles.* t. III, p. 202) : *Cantus adhuc per hæc signa minus
perfecta cognoscitur,* dit cet auteur, *nec per se quisquam eum potest addiscere ;
sed oportet ut aliunde audiatur et longo usu discatur :* « Personne ne peut ac-
» quérir la connaissance d'un chant par lui-même au moyen de ces signes impar-
» faits ; il faut qu'on l'entende de la bouche d'un maître, et qu'on y consacre un
» long exercice. »

que l'on compare le fragment d'hymne donné par ce savant (Bibliothèque de l'Ecole des Chartes, janv.-fév. 1853, p. 261), avec le texte réel de la même pièce tel qu'on le trouve dans les antiphonaires connus, dans le ms. T L 123 c. de l'Arsenal, par exemple, ou bien dans le manuscrit de Saint-Evroult, là même où le fragment a été pris, et l'on reconnaîtra sur-le-champ, *en observant la clef*, que le morceau a été transposé d'une tierce, non à la manière des tons modernes qui sont tous semblables entre eux quant aux intervalles, mais dans le sens des tons d'église où ces intervalles sont diversement combinés; d'où résulte, dans la traduction proposée, une altération profonde du caractère mélodique et moral de la pièce en question. Est-ce à dire que ce soit la faute de M. Tardif? nullement. On eût pu mieux tomber, il est vrai; mais c'eût été pur hasard : donc ne parlons plus de la traduction des neumes, pas plus pour le futur que pour le présent. Respectons néanmoins les neumes et conservons-les avec soin; ils peuvent être extrêmement utiles dans de nombreux cas où la question est de choisir entre deux leçons peu différentes qu'un simple signe neumatique suffit à juger avec certitude; c'est déjà beaucoup : ne leur en demandons pas davantage.

Jusqu'à présent nous avons peu parlé du chant-graduel en l'honneur de saint Taurin; mais il bénéficie des conséquences les plus importantes auxquelles conduit la considération des autres pièces liturgiques dont nous avons parlé. Car si nous n'avons point erré dans nos déductions, il en résulte nécessairement que ce graduel remonte à une très-ancienne époque de l'antiquité chrétienne; et c'est ce que confirment encore certaines circonstances particulières qu'il nous reste à signaler.

Cette pièce, comme nous l'avons dit, est un graduel composé de trois répons, accompagnés chacun d'un verset avec reprise. Le premier répons ainsi que le troisième sont extraits de la vie de saint Taurin telle que M. Lenormant l'a publiée : je dis *extraits* presque textuellement et sauf quelques variantes de peu d'importance.

Quant au deuxième répons, il se rattache beaucoup moins directement à la même légende. Le commencement est une invocation au saint. La vocative *O* est presque entièrement effacée; cependant on aperçoit encore un reste de sa première moitié. Le mot *pater*, quoique absolument imperceptible à la lumière directe, a laissé une trace terne, mais encore sensible à la lumière oblique, qui permet de le rétablir avec un certain degré de probabilité. Relativement au verset de cette deuxième partie du graduel, s'il était permis d'avoir une foi entière dans la seule manière dont nous avons pu parvenir à

remplir la lacune que présente son commencement et qui est la plus
considérable de toute la pièce, il ferait allusion à la destruction des
idoles du temple de Diane, en place desquelles le saint personnage
n'aurait laissé pour seul ornement que les reliques sacrées et les
ossements des martyrs. Le lecteur remarquera sans doute que le présent *ornas* est peu en rapport avec le parfait *reparasti;* mais ces mots
sont écrits en toutes lettres; et il faut bien les accepter tels qu'ils se
présentent, la forme essentiellement finale de la lettre *s* qui termine
le premier mot, ne permettant point d'ailleurs de songer à la finale
sti qui eût pu se compléter à la ligne suivante, si toutefois la forme
de la lettre *s* eût autorisé une semblable hypothèse.

Mais la circonstance capitale sur laquelle nous voulons appeler
l'attention des lecteurs, c'est que si cette deuxième partie de notre
graduel n'a rien, nous l'avons déjà dit, qui rappelle directement,
comme les deux autres, la vie de saint Taurin telle que nous la con-
naissons, elle présente cette particularité remarquable, d'offrir des
traces non équivoques d'une composition rhythmique, ou plutôt métrique, en vers hexamètres. Un de ces vers se trouve même encore
tout entier, mais sans musique, entre le deuxième et le troisième
répons, comme mis là en réserve pour être, le cas échéant, utilisé
dans la composition. (*V.* la note A)

Ainsi voilà, pensons-nous, des débris d'un poëme composé suivant
les principes de la métrique ancienne et classique, en l'honneur de
saint Taurin. Ce poëme est entièrement perdu, sauf quelques fragments que nous retrouvons, par l'effet du hasard, accompagnés
d'une musique qui paraît composée tout exprès pour eux d'après les
principes traditionnels des théories de l'antiquité. Cette musique,
transcrite sur le vélin, a subi l'effet destructif du temps, au point
d'exiger une nouvelle transcription ou traduction, qui elle même se
trouve à son tour réduite à l'état de ruines. Et, pour comble, pos-
térieurement à ces faits, il est certain qu'a eu lieu dans le système
des notations musicales, une révolution dont l'époque n'est point
connue, mais dont on peut affirmer qu'elle ne saurait descendre, dans
un cas extrême qui est certainement très-éloigné de la vérité, plus bas
que le commencement du xie siècle. Nous n'avons donc rien dit que
de très-conforme à la vérité, à des faits constatés historiquement, lors-
que nous avons attribué aux compositions musicales dont il a été
question jusqu'ici, une origine qui remonte aux premiers siècles
de l'ère chrétienne. C'est ce que nous nous étions surtout proposé de
démontrer.

Note A.

Nous donnons ici le Chant-graduel en l'honneur de saint Taurin, tel
que nous avons essayé de le restituer. Les notes, plus modernes que le
texte, sont aussi beaucoup moins altérées. Ce n'est pas à dire pour cela
que nous présentons la restitution de ces notes comme plus incontestable
que celle du texte : car au contraire, on le conçoit, la première est nécessairement, par sa nature, beaucoup plus conjecturale que la seconde.
Le résultat de celle-ci est, en quelques endroits, à peu près certain,
tandis que, pour les notes, nous ne pouvons les présenter que comme
un moyen de remplir les lacunes et de rattacher entre elles les parties
saines.

D'une part comme de l'autre, ce qui est de pure restitution a été ren-
fermé entre crochets.

Au reste, toutes ces restaurations, une seule exceptée, affectent exclusivement la partie marginale du manuscrit, comme nous l'avons dit précé-
demment, et comme on peut le voir dans notre traduction où une disposition similaire par lignes d'écriture a été strictement suivie.

Nous n'avons pas cru devoir reproduire la notation littérale, vu que le
lecteur, s'il le désire, pourra toujours, avec la plus grande facilité,
transformer en *c, d, e,* jusqu'à *l,* les notes *ut, ré, mi,* jusqu'à *ré* supé-
rieur : le chant n'excède pas ces limites.

Deux signes d'ornement qui se rencontrent, l'un sur le mot *sancti* du
premier répons, l'autre sur le mot *Taurine* du second, ont été repro-
duits tels qu'ils se trouvent dans le manuscrit sur la notation littérale.
Le premier signe paraît être une sorte de ligature ; le second doit représenter une *plique,* équivalant vraisemblablement à cette sorte d'*agrément*
du chant que les musiciens modernes nomment *mordant* [1].

---

[1] Voyez le *Traité élémentaire de musique appliquée, Méthode de piano,* par
MM. V. Molard et A. Tripier, p. 50.

RÉPONS-GRADUEL en l'honneur de saint TAURIN, premier évêque d'Evreux.

(Msc. de la Bibliothèque impériale, ancien fonds latin, n° 989, fol. 53 v°.—Cf. *id.* fol. 22 v°.)

(1)

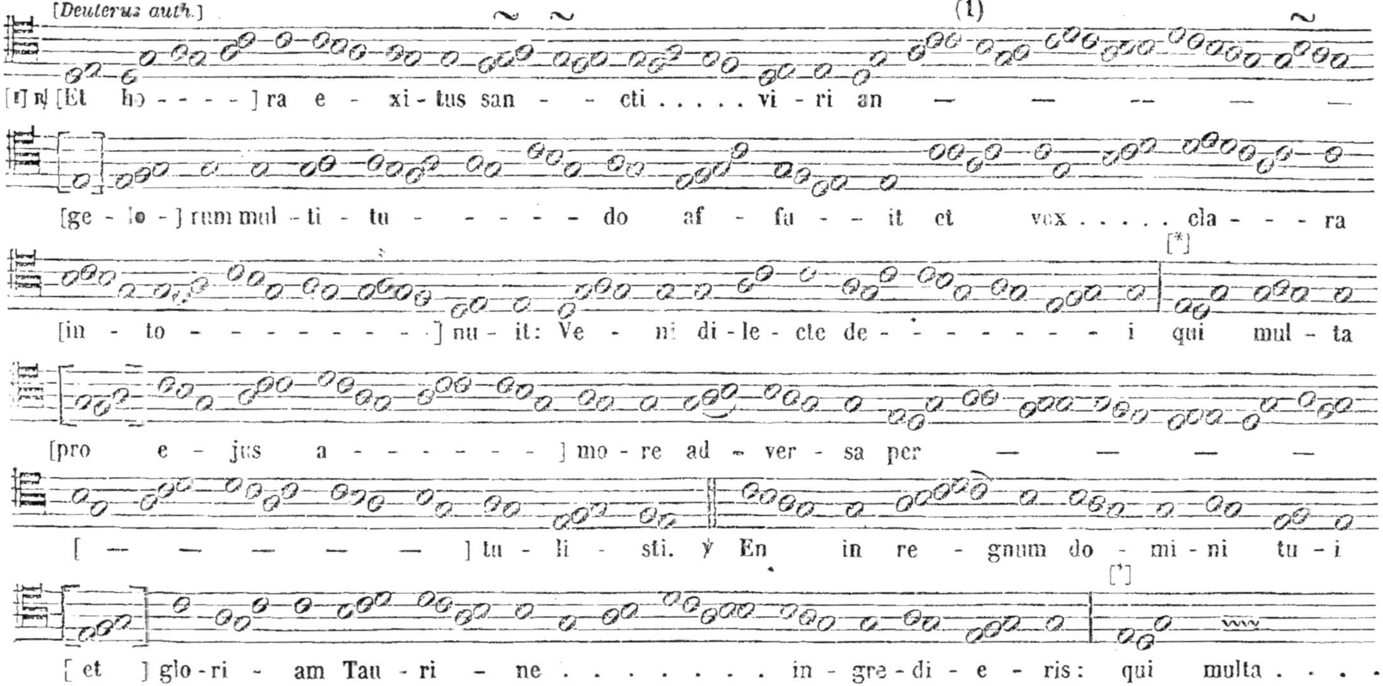

(1) Ici, entre les lettres *k*, *i*, se trouve le signe ſ qui n'est pas traduit.

[Deut. plag.]

[11] ℟. [O pa - ter] in - - si - gnis Tau - ri - - - ne per . . . . . om - ni - a

[ad - - ver - sa . . . . .] no - bis ma - gnum mi - sit de - us u - -

[*]

[ni - cus te pa - - -] tro - num. A cul - pis re - - le - va sa - - - cri-

[le - - - gos. ℣ Qui templa De-i vi - vi san - cto - rum os - -] si - bus or - - nas

[*]

[et . . . .] de - fun - ctis vi - tam pre - ci - bus re - pa - ra - - - sti, a culpis. . . . .

[Qui]que creatoris faciem cernendo bearis. . . . .

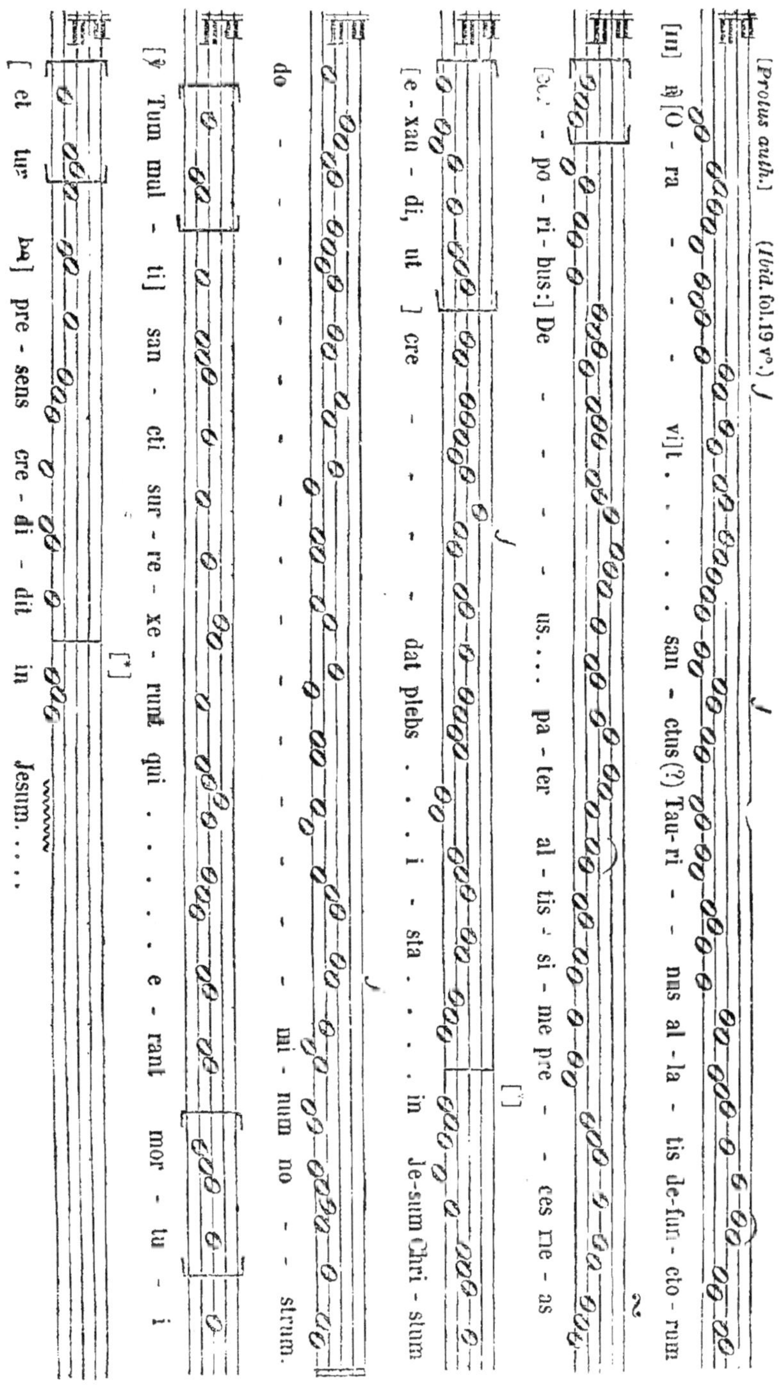

[Protus auth.] (Ibid. fol.19 v°.)
[℞] ℞[O - ra - - vi]t. . . . . . san - ctus(?) Tau-ri - - nus al - la - tis de-fun-cto-rum
[cor - po - ri - bus:] De - - - us.... pa - ter al - tis - si - me pre - - ces ne - as
[e - xau - di, ut] cre - - - dat plebs . . . i - sta . . . . in Je-sum Chri - stum
do - - - - mi - num no - - strum.
[℣ Tum mul - ti] san - cti sur - re - xe - runt qui . . . . . . e - rant mor - tu - i
[et tur - ba] pre - sens cre - di - dit in Jesum. . . . .

Note B.

Nous traduisons ci-après la Séquence en l'honneur de saint Julien, comme nous avons fait pour le Graduel en l'honneur de saint Taurin. Outre les remarques auxquelles cette séquence a déjà donné lieu ci-dessus, elle nous paraît en offrir quelques autres qui ne sont pas sans intérêt pour l'histoire de la poésie latine au moyen âge.

A quelles règles de versification cette pièce est-elle assujétie? il est facile de voir que ce n'est, ni la prosodie métrique des anciens, ni l'accent tonique des poëtes plus modernes qui lui sert de base. Pour rendre cette vérité sensible , remarquons d'abord qu'en faisant abstraction d'une clausule formée par les derniers mots *meritis et ope*, la pièce est composée de dix phrases ou périodes rhythmiques qui se répètent presque identiquement deux à deux, savoir : les deux premières entre elles, la 3ᵉ et 4ᵉ respectivement avec la 5ᵉ et la 6ᵉ, puis les deux suivantes entre elles, et enfin les deux dernières, comme on peut le voir sur la traduction, que nous avons disposée de manière à faire ressortir cette circonstance, c'est-à-dire (au moyen du signe ordinaire de répétition) en faisant servir les mêmes notes aux deux vers de chaque couple ou *distique* qui correspondent à la même période musicale. Il est facile de voir, en effet, que les mots *gloria* et *perfundis*, par exemple, qui se correspondent sous les mêmes notes, ne présentent ni la même quantité ni le même accent. De quelle nature est donc l'élément vocal et rhythmique qui imprime à cette poésie la qualité générale de vers, *reversus* ? (car il n'y a pas de vers sans répétition, sans retour symétrique et parallèle de quelque impression, de quelque effet acoustique.) Or, il est facile de distinguer ici trois qualités de ce genre : 1° la rime ou répétition constante de la même voix *e* sur la dernière syllabe des deux vers de chaque distique ou de chacune des périodes semblables. (Cette consonnance finale est même identique pour tous les vers, sans distinction, depuis le premier jusqu'au dernier, bien qu'elle eût pu changer à chaque distique.)—2° Le même nombre de syllabes pour les deux vers de chaque distique : car, à quelques exceptions près, le chant est presque entièrement syllabique, c'est-à-dire qu'à chaque note musicale correspond en général une syllabe unique ; d'où résulte (puisque chaque période musicale se répète deux fois comme nous l'avons déjà dit) que les deux vers qui composent le même distique doivent aussi présenter ce même nombre de syllabes, ce qui a lieu, excepté en deux endroits : d'abord au mot *virtutum*, pénultième du sixième vers, dont la dernière syllabe porte deux notes, qui, sur le vers correspondant, appartiennent aux deux syllabes du mot *tux*, et en second lieu aux premiers mots des deux vers du dernier distique, où le monosyllabe *ó* du premier vers a pour correspondant le disyllabe *tuque* du second. Au reste, ces sortes d'exceptions, ou d'infractions aux règles du genre, existent dans tous les systèmes de versification, et y sont tolérées sous le nom de *licences*. On remarque en outre ici quelques syllabes portant deux notes musicales; mais elles s'y comportent régulièrement, puisque les deux vers correspondants présentent la même circonstance au même lieu. — 3° Enfin, outre le même nombre de syllabes, les deux vers du même distique offrent *généralement, non strictement*, la même coupe : c'est-à-dire qu'aux mots disyllabes, trisyllabes... de chacun, correspondent, *autant que possible*, des mots disyllabes, trisyllabes... dans l'autre [1].

A cette occasion, mettons sous les yeux des lecteurs un passage de Gui d'Arezzo dans son *Micrologue* [2] ; et que l'on juge si cet auteur ne semble pas avoir en vue e chant qui nous occupe, quand il s'exprime ainsi :
» Metricos autem cantus dico, quia sæpe ita canimus ut quasi versus pe-
» dibus scandere videamur, sicut fit cum ipsa metra canimus, in quibus
» cavendum est ne superfluæ continuentur neumæ dissyllabæ sine ad-
» mixtione trisyllabarum aut tetrasyllabarum. Sicut enim lyrici poetæ
» nunc hos nunc alios adjunxere pedes, ita et qui cantum faciunt, ratio-
» nabiliter discretas ac diversas componunt neumas; rationabilis vero
» discretio est si ita fit neumarum et distinctionum moderata varietas,
» ut tamen neumæ neumis et distinctiones distinctionibus quadam sem-
» per similitudine sibi consonanter respondeant, id est ut sit similitudo
» dissimilis, more PERDULCIS AMBROSII [3]. Non autem parva similitudo
» est metris et cantibus, cum et neumæ loco sint pedum, et distinctiones
» loco versuum, ut pote ista neuma dactylico, illa vero spondaico, illa
» iambico metro decurreret; et distinctionem nunc tetrametram, nunc
» pentametram, alias quasi hexametram cernes, et multa alia, ut elevatio
» et positio tum ipsa sibi, tum altera alteri similis vel dissimilis præpo-
» natur, supponatur, apponatur, interponatur, alias conjunctim, alias
» divise, alias commixtim. Item ut in unum terminentur partes et dis-
» tinctiones neumarum atque verborum, etc., etc.

» Sunt vero quasi prosaici cantus qui hæc minus observant, in quibus
» non est curæ si aliæ majores aliæ minores partes et distinctiones per
» loca sine discretione inveniuntur more prosarum. »

Nous essayerons de traduire de la manière suivante ce remarquable passage d'un auteur que nous pouvons appeler le Prince des musicographes du moyen âge, puisque Boëce appartient à l'époque classique :

« Je me sers, dit Gui d'Arezzo, je me sers de l'expression de chants
» métriques, par la raison que souvent en chantant nous paraissons
» scander des vers, comme nous le faisons en effet quand nous chan-

---

[1] Remarquons en passant que ce genre de versification, dont les qualités, du reste, ne deviennent bien sensibles que par l'adjonction de la musique, se rapproche beaucoup du système hébraïque, pour lequel, sous certain rapport, il semblerait fournir une clef si longtemps et toujours inutilement cherchée.

[2] *Gerb. Script.* t. II, p. 16, col. 2.

[3] Rapprochons de ce texte de Gui d'Arrezzo, quelques mots de J. Cotton (*Gerb. Script.* t. II, p. 255): Cantus... accuratos vocant (musici) quod in eorum compositione cura adhibeatur. Ilos etiam metricos per similitudinem appellant, quod more metrorum certis legibus dimetiantur, *ut sunt Ambrosiani.*

» tons de véritables mètres. Disons à ce propos qu'il faut éviter de met-
» tre de suite un trop grand nombre de neumes disyllabes sans les en-
» tremêler de quelques trisyllabes ou tétrasyllabes. De même en effet
» que les poëtes lyriques réunissent ensemble, tantôt telle espèce de pieds
» tantôt telle autre, de même ceux qui composent un chant doivent com-
» biner, dans une certaine proportion, diverses espèces de neumes bien
» caractérisés ; et quand je me sers du mot proportion, j'entends par là
» qu'il doit y avoir dans les neumes et dans les membres (de phrase) une
» variété si bien ordonnée, que les neumes correspondent aux neumes,
» les membres à d'autres membres, avec une sorte de consonnance, qui,
» revenant constamment semblable à elle-même, produit en quelque fa-
» çon la similitude dans la diversité; et tel est le caractère des délicieuses
» compositions d'AMBROISE.

» Ce n'est pas sans raison que nous comparons les chants aux mètres,
» puisque les neumes y jouent le rôle des pieds, et les membres de
» phrases celui des vers, de façon que tel neume remplace le dactyle,
» tel autre le spondée ou l'iambe ; de façon encore que tel membre
» produit l'effet d'un tétramètre, tel autre celui d'un pentamètre ou
» d'un hexamètre ; et bien d'autres analogies, comme celles de l'élévation
» et de la position (l'*arsis* et la *thésis*), qui se correspondent, tantôt cha-
» cune à chacune, tantôt l'une à l'autre, semblables ou dissemblables,
» avant, après, ajoutées, intercalées, tantôt conjointement, tantôt sépa-
» rément, tantôt entremêlées. Il faut aussi qu'il y ait concordance dans
» les terminaisons des parties (du chant) et des membres (de phrase), des
» neumes et des mots, etc., etc.

» Il y a cependant des chants prosaïques où ces règles sont moins
» strictement observées, et où l'on ne s'inquiète pas s'il se rencontre çà
» et là, comme au hasard, des phrases ou portions de phrases plus lon-
» gues ou plus courtes les unes que les autres, à la façon des proses
» proprement dites. »

Revenons au fait particulier qui nous occupe. Les trois circonstances
que nous y avons signalées, et qui paraissent constituer les règles de ce
genre de poésie, donnent lieu à d'autres remarques fort importantes sur
la langue à laquelle de semblables règles sont appliquées. En effet, cette
similitude de coupe, et surtout cette consonnance finale que nous nom-
mons *la rime*, indiquent évidemment dans la syllabe terminale du
mot, une prépondérance marquée, prépondérance qui se montre au plus
haut point dans la langue française [1], mais n'existait certainement pas

---

[1] Aussi n'y aura-t-il point en France de véritable versification lyrique (nous
entendons par là celle qui est destinée à servir de base à une composition musicale
appropriée), tant que cette règle de la similitude des coupes pour les vers réputés
semblables, ne sera point reconnue et pratiquée.

Il est bien entendu que dans tous les mots français dont la terminaison contient
un *e* muet, cette prépondérance dont il est ici question, et qui constitue l'accent
tonique, passe de la dernière syllabe sur la pénultième.

Quant aux transformations qu'a subies la versification latine depuis les époques
classiques, on fera bien, si l'on veut les étudier avec fruit, de consulter les sa-

dans la langue de Virgile, où ces syllabes, ici prépondérantes, étaient obscurcies jusqu'au point de devenir sujettes à élision. Les conséquences de ce fait seraient aussi curieuses à développer qu'elles sont importantes ; nous nous en abstenons, voulant éviter de donner lieu à des polémiques sans fin, polémiques pour lesquelles nous croirions personnellement ne pouvoir témoigner trop d'horreur, sans la confiance où nous sommes qu'en définitive elles doivent aboutir à l'honneur et au progrès de la science [1]. La seule conséquence nécessaire à déduire ici, c'est que le temps fort, nommé *arsis* par les modernes, et généralement désigné par le mot *thésis* chez les anciens (pour exprimer ainsi l'abaissement du pied qui bat la mesure), c'est que le temps fort, disons-nous, doit se trouver, dans le chant, sur la syllabe finale du mot : et tel est le principe que nous avons adopté dans notre traduction. Il sera facile de reconnaître, si l'on est tenté d'en faire l'essai, qu'aucun autre procédé ne donnerait de résultat satisfaisant.

Remarquons encore à quel point, en adaptant au chant proposé une suite de mesures nominalement isochrones, nous sommes parvenu à rendre sensible le rhythme intrinsèque et si bien caractérisé qui donne à ce morceau lyrique toute son énergie et sa grâce ; et nous saisissons avec empressement cette occasion de manifester notre pleine et entière adhésion aux considérations si bien senties que notre savant confrère, M. Vitet, présentait naguère dans le *Journal des Savants* (cahier d'octobre 1854), lorsqu'il disait, avec toute l'autorité qui appartient à sa parole, que « la mesure est subordonnée au rhythme, comme la matière l'est à » l'esprit ». — (Voir la planche en face).

P.S.— A l'endroit cité, M. Vitet établit une distinction pleine de justesse en principe, quoiqu'un peu exagérée dans l'application qu'il en fait, savoir, que le rhythme musical des anciens était la *mesure* de la mélodie, tandis que la mesure proprement dite est le *rhythme* de l'harmonie moderne. Je réponds : Pour exécuter le simple contrepoint à la tierce qui accompa- ·

vants travaux de M. Edelestand Duméril, ainsi que le recueil intitulé *Carmina e poëtis christianis excerpta*, récemment édités par M. Félix Clément. Nous exprimerons ici un regret : c'est que l'estimable auteur de ce livre n'ait pas insisté davantage sur le rôle important de l'accent tonique dans la plupart des compositions latines qui appartiennent à cette période de transformation ; au reste, il lui sera facile de remplir cette lacune dans une seconde édition que cet ouvrage recommandable ne peut manquer à avoir bientôt.

[1] Ne va-t-on pas aujourd'hui jusqu'à faire de vous un païen, peu s'en faut, parce que vous aurez remarqué simplement que dans telle ou telle circonstance, les chants de l'église suivent les règles de la versification antique, tandis que dans telle autre ils s'en écartent pour obéir à d'autres lois ? Au reste, c'est une mistification dont l'auteur auquel nous faisons allusion paraît avoir été victime à son insu. Nous l'engageons, pour une autre fois, dans son propre intérêt, à se défier de pareils expédients de critique qui rappellent un peu trop les procédés de Don Basile. Nous regrettons pour lui-même qu'il s'y soit laissé prendre ; et nous ne le regrettons pas moins pour l'honneur du drapeau qu'il s'efforce de soutenir avec autant de résignation que de courage.

SÉQUENCE en l'honneur de saint JULIEN, apôtre et premier évêque du Mans (Même Msc., fol. 8 r°).

[*Protus authentus.*]

Procédés de Tantenstein et Cordel, rue de la Harpe, 92.

gnait le chant de Pindare (suivant l'assentiment que je suis heureux de voir accorder à ce fait par mon savant confrère), le rhythme de l'harmonie moderne n'était pas moins nécessaire que pour exécuter une composition plus savante ; et quant aux modernes, ils pratiquent bien certainement aussi, ne fût-ce que dans le cas du récitatif, le rhythme musical de la mélodie antique. Pour ce qui me regarde personnellement, en cherchant à établir que le rhythme des anciens était identique à la mesure moderne, je n'ai jamais entendu cette proposition autrement que M. Vitet ; mais j'ai cru devoir m'attacher au seul point qui parût être actuellement mis en question. Quant aux compléments essentiels de la proposition, nul certainement n'était, aux mêmes titres que l'habile rédacteur du *Journal des Savants*, capable de leur donner tout le développement dont ils étaient susceptibles.

Je me fais un plaisir de reconnaître aussi que M. Vitet a parfaitement raison de dire, et il pouvait le faire en toute assurance, que dans deux ou trois passages de ma traduction en notes modernes du commencement de la première pythique de Pindare, on peut, avec une légère modification dans la valeur relative des notes, faire disparaître les dissonnances qui s'y trouvent ; et ce travail était déjà fait. La difficulté de rétablir le chant de l'épode, qui malheureusement est entièrement perdu, m'a seule empêché jusqu'ici d'essayer l'exécution en grand de cette sublime composition. — Quant à l'emploi de la dissonnance de seconde chez les Grecs, considérée en général, que mon savant confrère me permette de ne pas accepter sa dénégation trop absolue (ibid. p. 52) : le passage que j'ai rapporté d'après Plutarque ne peut être entendu de deux manières. Il est de toute évidence que, s'il n'était pas essentiellement question ici de la musique à sons simultanés, Plutarque n'eût eu aucun besoin de dire que « la » nète était en consonnance avec la mèse, en dissonnance avec la para» nète, etc., etc. » : les lecteurs le savaient très-bien.

Enfin, pour achever[1] de régler mes comptes (j'espère ne point laisser de dettes), je dirai encore que je suis redevable à M. Th. Henri Martin, doyen de la faculté des lettres de Rennes, du curieux passage de Photius mentionné par M. Vitet (ibid. p. 42), sur les tentatives infructueuses du philosophe Damascius pour reproduire le genre enharmonique. Contrairement à mes habitudes, j'ai eu le tort de ne pas citer mon autorité ; et je profite de l'occasion qui se présente pour réparer cette omission, qui du reste, je le dis à la louange de qui de droit, ne m'a jamais été signalée par personne.

[1] J'écrivais ceci avant la publication d'une seconde petite brochure bleue qui vient de me tomber sur les bras : cette nouvelle dette d'honneur à laquelle j'ai à satisfaire, je compte bien y parvenir : je ne demande à mon créancier qu'un peu de patience, rien que le temps de compter et peser les espèces ; la somme est lourde ; mais qu'il se rassure ; il ne perdra rien pour avoir attendu ; je n'attendrai pas moi-même l'huissier ordinaire pour lui payer, comme dit le Bonhomme,

> Avant l'oût, foi d'animal,
> Intérêt et principal.

Février 1855.

SAINT-GERMAIN-EN-LAYE. — IMPRIMERIE DE BEAU.

9 782329 050690